AF497828

DISCOURS

PRONONCÉ
A L'HÔTEL DE VILLE
DE LYON,

LE 22 DÉCEMBRE 1774,

Par M. BERGASSE, Avocat.

A LYON,

De l'Imprimerie D'AIMÉ DE LA ROCHE, Imprimeur
de la Ville & du Gouvernement, aux Halles de
la Grenette.

M. DCC. LXXV.

AVANT-PROPOS.

JE voulois dans ce Discours peindre l'homme de la Nature & de la Société ; faire l'histoire de ses connoissances en faisant celle de ses besoins ; & , en développant les rapports secrets qui unissent son être moral à son être physique, assigner, pour ainsi dire, à chacune de ses découvertes principales , son origine , sa cause & ses effets.

Ce plan étoit très-étendu ; on s'appercevra facilement qu'il n'est qu'ébauché. Obligé par les circonstances de resserrer les bornes de mon sujet, & de préférer à l'ordre systématique qu'il exige , un ordre moins naturel , mais plus facile à saisir , je n'ai presque toujours présenté que de grands résultats ; quelquefois même j'ai été forcé de laisser entre mes idées de profonds intervalles , qu'il m'eût été sans doute difficile de remplir.

Je ne regarde donc ce petit Ouvrage que comme une partie foible & défectueuse d'un ouvrage plus considérable, ou comme les matériaux hafardés d'un vafte Edifice, dont la conftruction eft réfervée à des mains plus heureufes & moins occupées.

Je l'aurois même laiffé dans l'oubli, auquel il étoit d'abord deftiné, fi les perfonnes refpectables en préfence defquelles il a été prononcé, n'en avoient defiré l'impreffion.

On m'a fait efpérer que le Public ne jugeroit pas d'une maniere auffi févere, le premier effai d'un jeune homme, que l'ouvrage d'un Auteur exercé dès-long-temps dans l'Art d'écrire; j'ai cédé à cette confidération, fans trop me flatter cependant d'échapper à la critique, ou d'adoucir fa cenfure.

DISCOURS.

Quelles font les caufes générales des progrès de l'Induftrie & du Commerce, & quelle a été leur influence fur l'efprit & les mœurs des Nations?

Mens agitat molem.

Rex Christianissime.

Regina Christianissima, &c. &c.

AU milieu des révolutions nom-breufes que préfente l'hiftoire des Nations, il eft beau de voir l'hom-me aux prifes avec la néceffité, dé-ployer infenfiblement toutes fes forces pour fe fouftraire à fon empire; créer fucceffivement tous les Arts pour fe dérober à tous les befoins; du fein de l'ignorance la plus profonde, s'élever par degrés jusqu'aux découvertes les plus sublimes ; & vainqueur des obstacles puissants qui s'opposoient à sa grandeur, finir par domter la nature & la soumettre à ses loix.

C'est sur un spectacle si digne de vous être offert, que je voudrois arrêter aujourd'hui vos regards. Jusqu'ici, on ne s'est occupé des Arts utiles, que pour en apprécier les avantages relativement à quelque société particuliere. Mon objet est plus vaste ; les progrès du Commerce & de l'Industrie, leurs rapports avec les connoissances humaines, leur influence sur l'esprit & les mœurs des nations ; voilà ce que je veux approfondir, développer & peindre.

Dans la discussion pénible où je vais entrer, vous me verrez rarement consulter les Annales des Peuples, elles ne font presque toujours que le triste dépôt des crimes de leurs Tyrans, & ce n'est pas là qu'il faut aller chercher l'histoire des pensées des hommes. Guidé par la seule réflexion, je remonterai à la naissance des sociétés : je ferai plus ; je supposerai un moment où l'homme social n'étoit encore que l'homme de la nature ; je l'observerai dans ce moment, & j'essaierai de découvrir dans le développement d'abord peu sensible de ses besoins & de ses idées, l'origine & les premiers principes des Arts ; de-là franchissant l'intervalle des siecles, & rapprochant les découvertes, je tracerai le vaste tableau des progrès de l'industrie, & non content d'en avoir affigné les caufes, je tenterai d'en déterminer encore les effets (1).

Je ne m'occuperai donc, en premier lieu, que des caufes générales des progrès des Arts & du Commerce.

En fecond lieu, je parlerai de leur influence fur l'efprit & les mœurs des nations.

C'eft-là tout mon fujet : il eft difficile, fans doute ; peut-être eft-il au deffus de mes talents ; mais je voulois offrir à ma Patrie un hommage digne d'elle , & j'ai cru que dans ces circonf-tances il m'étoit permis d'oublier ma foibleffe , pour ne me reffouvenir que de fa gloire.

PREMIERE PARTIE.

Avant qu'il y eût des fociétés, l'homme er-rant & folitaire vivoit des fruits fauvages qu'il cueilloit dans les bois ; *il fe défaltéroit au pre-mier ruiffeau ,* & pour fe défendre des injures des faifons, il partageoit avec la bête, l'afyle que lui offroit la nature. Le monde n'étoit pour lui qu'un lieu de repos , où il voyoit fes jours

Etat de l'homme avant la naif-fance des fo-ciétés.

----

(1) J'aurois bien pu dans ce difcours ne parler que d'après les monuments de l'hiftoire , & ne m'appuyer que fur des faits connus ; mais comme ces faits font en petit nombre , & que l'intervalle qui les fépare n'eft rempli que par des faits d'un ordre différent ; j'ai fenti que mon ouvrage ne feroit qu'une ennuyeufe differtation , fi je m'attachois fcrupuleufement à l'ordre des événements & des dates , & j'ai cru que je remplirois égale-ment mon objet, fi , préfentant fous un feul point de vue un fyftème fuivi & bien lié dans toutes fes parties , je n'avois recours à l'hiftoire que pour étayer mes conjectures & les fortifier par des preuves.

A iv

s'écouler lentement dans une tranquille & profonde indifférence : fon cœur ne lui demandoit
rien encore ; fa mémoire étoit prefque nulle :
fon imagination ne lui peignoit les objets que
d'une maniere incertaine ; fes idées s'effaçoient
& ne fe fuccédoient pas. Il ne connoiffoit ni
ce paffé que nous faifons renaître par les regrets,
ni cet avenir que nous rapprochons de nous par
l'efpérance. Son ame, qu'aucun mouvement
tumultueux n'agitoit, fe livroit au feul fentiment
de fon exiftence actuelle, & ce fentiment ne
pouvoit être pénible , parce que fes befoins
n'étoient pas encore fon ouvrage ; pour tout
dire en un mot, fon être étoit un bien dont il
ne jouiffoit pas ; & la vie n'étoit pour lui qu'un
dépôt ftérile qu'il abandonnoit fans en avoir
ufé (2).

Les obftacles qu'il eut à combattre pour s'élever au deffus de ce premier état , durent en
prolonger la durée : la nature l'y avoit placé de
fes mains, & il ne fongeoit pas à fe dérober à
fon empire.

Uniquement occupé du foin de fa propre con-
fervation, il ne perfectionnoit que les organes

---

(2) Nous diftinguons fi peu ce que la nature feule nous a donné
de ce que l'éducation, l'imitation, l'art & l'exemple nous ont
communiqué, ou nous le confondons fi bien, qu'il ne feroit pas éton-
nant que nous nous méconnuffions totalement au portrait d'un
Sauvage, s'il nous étoit préfenté avec les vraies couleurs & les
feuls traits naturels qui doivent en faire le caractere. *Buff.
Hift. Nat.*

de fon corps qui ont une relation immédiate avec fon être phyfique, & négligeoit abfolument ceux dont dépend en quelque forte le premier développement de fon être moral.

Son ame ouverte à toutes les impreffions des fens, n'avoit point affez de force pour les réunir & les combiner ; fes paffions les plus vives n'étoient que des fenfations orageufes, & ce ne fut que long-temps après que la réflexion en fit des habitudes. Son amour propre n'empruntoit rien encore de l'efprit de comparaifon, fans lequel il n'eft plus qu'un penchant ftérile & fans objet. Il n'avoit pas même le degré de connoiffance fuffifant pour defirer une condition meilleure que la fienne. Heureux fans avoir aucune idée du bonheur, peut-être parce qu'il n'en avoit pas d'idée, il vivoit & ceffoit de vivre fans fe plaindre des deftinées, fans foupçonner qu'il fût à plaindre. Ses années s'écouloient au fein du néant ; & dans leur fucceffion rapide, les fiecles n'apportoient qu'un changement léger à fa maniere d'être, de voir & de fentir.

Un Sauvage hâta l'ouvrage des fiecles. Il ofa dire, en montrant à fes égaux le terrain qu'il venoit d'enclorre, *ceci eft à moi* (3) : & l'homme

---

(3) J. J. Rouffeau a rendu ce mot fi célebre, qu'ayant à exprimer la même idée, je n'ai pas cru devoir me fervir d'une expreffion différente.

Il eft certain que l'établiffement de la fociété n'a pu fe faire fans violence, parce qu'il n'y a pas de fociété fixe & durable fut changé. A cette époque mémorable, l'esprit de propriété s'introduisit dans le monde, l'intérêt se développa, l'égalité primitive s'affoiblit, les sociétés furent fondées, l'industrie créa des besoins & des arts, l'homme eut des loix, des mœurs, des vices & des vertus.

Mille causes insensibles avoient préparé cette étonnante révolution; si je ne me sentois entraîné par la vaste étendue de mon sujet, je parlerois de ces causes, & retraçant avec soin les temps de paix, d'inquiétude, de trouble & d'orage, qui ont successivement précédé l'institution des Corps politiques, je chercherois à faire appercevoir dans le développement plus ou moins rapide des passions des hommes, le germe de tous les rapports qui les ont unis, & dans la combinaison de ces mêmes rapports, les principes nécessaires de l'existence & des progrès de la société; mais je ne veux pas tout approfondir; parmi les faits nombreux que mon sujet embrasse, s'il est des faits généraux auxquels je dois m'arrêter, il en est d'intermédiaires que je ne puis laisser entrevoir que dans l'éloignement; ainsi, sans parler de toutes ces associations momentanées que le sentiment des mêmes besoins faisoit naître & qui

---

sans propriété. Or, la propriété n'est autre chose qu'une possession légitimée par un contrat. Avant que ce contrat existât, la propriété étoit donc un établissement injuste, elle supposoit un partage entre des biens que la nature n'avoit pas divisés, & ce partage blesse trop la liberté originelle de l'homme, pour qu'il ait pu l'adopter sans contradiction.

ceſſoient avec ces beſoins , je m'arrête au moment où la ſociété moins imparfaite eſt fondée
pour n'être plus détruite. Ce moment eſt celui
où l'homme ſortant des bras du repos fait les
premiers pas dans la carriere des Arts. Je vais
obſerver ſa marche à travers les révolutions des
âges & des empires , & tandis que les trônes ébranlés & les peuples anéantis diſparoîtront dans la
nuit des temps , je ne verrai que lui dans l'univers.

Dans l'enfance des ſociétés , l'homme ne ſent
pas encore ce beſoin des autres hommes qu'il a
mis depuis au nombre de ſes penchants , & qui
n'eſt peut-être qu'une longue habitude. Il tient
à cet état de ſolitude & d'inertie qui a ſi longtemps été ſon état naturel , & la néceſſité qui
l'arrache à l'inaction, n'imprime d'abord à tout
ce qu'il fait, que le caractere de ſa foibleſſe &
de ſon indifférence (4).

Ses beſoins ſont ſes plus grands ennemis & deviennent ſes premiers maîtres. Les privations pénibles auxquelles ſon défaut de prévoyance l'a ſouvent
expoſé, lui apprennent à ne pas confier au haſard
le ſoin d'une exiſtence déja trop fragile & trop
incertaine. Cette prudence ſenſible, qui réſulte de

La néceſſité premiere
cauſe générale des progrès des Arts.

____

(4) C'eſt l'ennui qui nous inſpire du goût pour la ſociété.
L'ennui eſt cette diſpoſition de l'ame qui réſulte du repos des
paſſions fatiguées, ou de l'activité de ces mêmes paſſions, lorſqu'elles n'ont aucun objet déterminé. Le Sauvage ne s'ennuie
jamais, parce qu'il n'eſt pas ſenſible comme l'homme civiliſé,
& qu'il n'a que les paſſions de la nature.

l'impreſſion répétée des mêmes objets ſur ſes organes , l'éloigne des limites du préſent, lui fait
entrevoir l'avenir dans le paſſé qui n'eſt plus,
forme ſa mémoire & développe ſo n induſtrie;
au milieu des productions hardies de la nature,
on apperçoit déja les foibles traces de ſon intelligence. Le chêne à l'ombre duquel il s'eſt repoſé
tant de fois, tombe flétri par les années ; il
profite de ſes dépouilles, & conſtruit la cabane
qui doit lui ſervir d'aſyle dans la ſaiſon des fri-
mats. Des grains ſemés avec confuſion germent
en déſordre autour de cet aſyle, ſon champ ſe
couvre de plantes ſalutaires, ſa main cueille les
fruits ſauvages de l'arbriſſeau qu'elle a planté,
& la faim n'eſt plus un fléau qu'il ait à combattre.

La néceſſité vaincue met des bornes à ſon activité naiſſante ; ſatisfait d'avoir pu dérober au
ſort une partie de ſon indépendance , à peine
ſonge-t-il à perfectionner les foibles eſſais d'une
agriculture encore imparfaite. On diroit qu'il craint
de dépouiller la nature du vêtement des ſiecles,
qu'il reſpecte ſa longue liberté, & que ce n'eſt
que par des degrés inſenſibles qu'il veut la ré-
duire à l'eſclavage.

Cependant les années s'écoulent, & l'expérience qui s'avance à leur ſuite, corrige ſes premiers travaux : le ſoc ouvre les ſillons, la terre
mieux cultivée lui offre des mets plus doux &
des fruits moins amers, ſon aſpect n'a déja rien

de trifte & de fauvage ; ornée de toutes les grâ-
ces du printemps, elle emprunte de l'été une
parure plus utile, & l'automne l'enrichit encore
de fes nouveaux bienfaits. De jeunes forêts, de
riches moiffons, de riantes prairies annoncent
fa fécondité brillante; l'Aftre du jour n'éclaire
plus un monde folitaire, la main libérale de
l'homme y prodigue par-tout l'exiftence, le fentiment & la vie, & l'harmonie riche & variée
des Etres fuccede à leur confufion & à leur fté-
rilité.

Le crépufcule épais à travers lequel nous ap-
percevons les premiers faits de l'hiftoire des nations, affoiblit à nos yeux le jufte intervalle qui
les fépare, & dans ce lointain obfcur, l'ouvrage
d'un fiecle paroît être à peine l'ouvrage d'une
année. Que de générations cependant, que de
fiecles fe font écoulés avant que l'efpece humaine
ait appris feulement à défricher la terre & à fe
garantir des injures des faifons ! à combien de
caufes tiennent déja les foibles effais de fa timide
induftrie !

Je parcours rapidement l'enchaînement de ces
caufes, & je vois que l'expérience dont ces effais
font les fruits, ne peut avoir été que le réfultat d'un grand nombre de faits & d'obfervations
combinées. Je vois qu'une pareille combinaifon
fuppofe une fociété fondée fur quelque chofe de
plus que le fentiment d'une foibleffe réciproque;
je vois qu'il faut que l'art de fe communiquer

L'échange, seconde cause générale des progrès des Arts.

ses idées y soit devenu nécessaire, & que ce ne soit plus par des liens purement physiques que les hommes soient unis entr'eux. L'inégale fertilité de la terre a dû les forcer plus d'une fois à se secourir dans leurs besoins Cette pitié si douce,

Origine du Commerce.

celui de tous nos sentiments qui appartient le plus à la nature, leur a peut-être donné la premiere idée du commerce, & ce fut sans doute l'échange des produits de leur foible culture, qui, en les rapprochant les uns des autres, les rendit plus industrieux & moins sauvages.

Naiſſance des empires.

L'échange ne put développer les progrès des Arts, sans préparer la naiſſance des empires. La néceſſité dont il étendit les bornes, mit les hommes dans une dépendance plus étroite les uns des autres ; ils placerent leur exiſtence dans un plus grand nombre d'objets, & leurs besoins devenus plus nombreux rendirent leur union moins imparfaite Les petites sociétés avoient sans doute alors, comme aujourd'hui les grandes nations, un caractere propre qu'elles croyoient tenir de la nature. Les rapports que l'intérêt établit entre elles, affoiblirent insensiblement les traits de ce caractere, & le réduisirent enfin à une forme unique & générale. Bientôt on s'apperçut qu'en passant d'une société dans une autre, on n'étoit encore que le citoyen de la même patrie, & il vint un temps où il ne fallut plus qu'une révolution légere, pour réunir sous les mêmes

loix des hommes qui n'avoient que les mêmes
mœurs (5).

Les petites sociétés ne purent se rapprocher
qu'aux dépens de la liberté naturelle. Le Despotisme nécessaire de l'inégalité des rangs dut être
un des premiers effets de leur réunion.

C'est dans l'institution même des corps politiques, qu'il faut chercher les principes cachés de
cette inégalité funeste. Les hommes en se parta-
geant une terre où ils avoient erré si long-temps,
avoient sans doute respecté les droits de la nature,
& l'égalité des possessions étoit l'image fidelle de
l'égalité sauvage dont ils avoient joui dans leurs
paisibles forêts. Si les familles avoient pu se re-
produire dans les mêmes proportions, si l'on
n'eût jamais apprécié la différence des talents,
peut-être l'altiere tyrannie n'eût-elle pas élevé sa
tête hideuse sur les débris des nations, peut-être
la liberté seroit-elle encore un don de la nature.
Mais les hommes n'avoient dû cette longue &
précieuse liberté qu'à leur profonde indifférence. Dès
qu'ils s'apperçurent qu'ils étoient égaux, ils ces-
ferent de l'être, & la société ne les unit que pour
les séparer : en les arrachant à l'oubli d'eux-
mêmes, elle développa leurs traits originaux.

---

(5) Tel est encore aujourd'hui l'état des Nations sauvages qui
habitent les forêts de l'Amérique Septentrionale. Donnez à ces
Peuples errants de nouveaux besoins, établissez entr'eux quel-
ques rapports d'intérêt , & vous les verrez se réunir insensiblement
sous des Chefs, & préparer ainsi les fondements d'un Empire.

Ces traits diftingués d'abord par des nuances légeres, le furent bientôt par des couleurs plus mar-
quées & des nuances moins infenfibles. L'homme
alors ofa fe comparer à l'homme, & cette comparaifon dangereufe devint la mefure de fa force
& de fa foibleffe, de fes vices & de fes vertus; l'orgueil naquit de la baffeffe; la crainte, du
courage, & l'on vit les germes de la fervitude
croître à l'ombre de l'indépendance.

Le temps acheva l'ouvrage de la fociété. En
multipliant les générations, il rendit les pro-
priétés inégales, opéra une révolution lente dans
les mœurs, & hâta les progrès de l'inégalité
parmi les hommes (6).

Cette inégalité néceffaire à l'exiftence des corps
politiques, parce qu'elle feule peut y entretenir
ce mouvement d'action & de réaction qui en
rapproche toutes les parties, hâta les progrès de
l'induftrie naiffante, & de nouveaux arts confo-
lerent le genre humain de la perte de fa liberté.
La fphere des paffions & des idées s'étendit ;
ceux que la loi du fort avoit fait naître avec des

Effets de cette inéga-lité.

(6) Toute altération dans la propriété produit un changement
néceffaire dans la conftitution des Empires; & pour ne faifir
ici que les grandes différences, une diftribution exacte des biens
ne peut convenir qu'à l'extrême liberté ; un Gouvernement
modéré follicite une répartition moins févere, tandis que le Defpotifme qui redoute toutes les proportions, parce qu'il craint
tous les obftacles, ne peut fubfifter que lorfque l'inégalité des
fortunes eft affez grande, pour qu'il y ait une diftance confidé-
rable entre le Maître qui opprime & l'Efclave qui eft opprimé.

poffeffions

poſſeſſions bornées, emprunterent de l'opinion les biens que leur refuſoit la nature : ils créerent des richeſſes & des beſoins, déguiſerent les productions de la terre pour leur faire acquérir un prix, multiplierent les deſirs & les jouiſſances, trouverent le luxe & la néceſſité, étendirent les limites de la douleur & du plaiſir, donnerent à l'homme de nouvelles chaînes, & firent un petit nombre d'heureux eſclaves.

Ce n'eſt pas toujours à la réflexion ou à des cauſes fixes & néceſſaires, qu'il faut attribuer les progrès de l'eſprit humain. Je ne veux pas humilier ici ſon orgueil ; mais j'oſe penſer que malgré tous ſes efforts, les arts ne ſeroient encore qu'une imitation ſervile de la nature, ſi le haſard ne lui eût épargné un grand nombre de découvertes. Ce que l'on regarde bien ſouvent comme la production du génie, n'eſt preſque jamais que ſon ouvrage ; & peut-être que ſi l'on vouloit remonter à l'origine de nos connoiſſances, on trouveroit qu'il n'en eſt aucune dont il n'ait fourni les premiers matériaux. Je ne cherche point à diminuer le mérite des Artiſtes créateurs : je dirai même que, ſi la gloire étoit le prix des talents utiles, leurs noms juſtement illuſtres devroient être célébrés avec les noms de ces hommes fameux qui ſont nés pour commander aux eſprits, comme les Rois aux nations, & que nous avons placés à côté des héros, comme ſi le ſage qui éclaire le monde, n'étoit que l'égal de ſes deſtructeurs. Mais quelque étonnante fagacité que fuppofe l'invention des arts, même les plus fimples, cette fagacité fe réduit peut-être à favoir profiter de la fortune, ou à la faire naître, à faifir, fi je puis m'exprimer ainfi, ce petit nombre de hafards déliés qui échappent à une pénétration ordinaire, & ne deviennent fenfibles qu'à l'attention éclairée de l'homme de génie (7).

L'invention des métaux, cinquieme caufe générales des progrès des Arts.

De toutes les découvertes dont on ne peut trouver l'origine dans la plus heureufe combinaifon d'idées, il n'en eft peut-être aucune qui ait autant contribué à changer la face des nations que celle des métaux. Je ne veux point

***

(7) Helvétius penfe que le génie eft l'ouvrage des circonftances, & que la nature n'y a aucune part. Un grand homme n'eft, felon lui, que le produit de fon éducation, & fon éducation, que le réfultat de plufieurs hafards combinés. Je crois ces principes outrés. On ne peut difconvenir en général, que l'homme ne doive prefque toutes fes connoiffances aux différents objets que le hafard raffemble fous fes yeux. Mais les hommes naiffent-ils tous avec des difpofitions égales à profiter de ces objets ? Voilà la queftion, & pour la réfoudre contre Helvétius, il n'eft befoin, ce femble, que de fes propres principes. Selon lui & felon tous les autres Philofophes, l'ame dépend abfolument du corps pour toutes fes opérations. Or, l'organifation des corps varie comme les individus. Donc les modifications qu'éprouve chaque individu dans les mêmes circonftances, ne fauroient être exactement femblables. Une oreille délicate faifit une plus grande quantité de fons qu'une oreille moins fenfible, & diftingue avec plus de facilité leurs rapports. Mais les idées font le réfultat des modifications de l'ame, & l'efprit eft l'affemblage des idées. Les hommes n'ont donc pas plus le même efprit ou le même nombre d'idées, que la même phyfionomie, & la premiere caufe de cette différence eft dans la nature. Ainfi la nature ébauche le génie, & le hafard ou l'éducation des événements l'acheve. *Voyez Helvétius.*

en apprécier ici la valeur morale ; l'hiſtoire de l'eſprit humain, comme celle des empires, offre des faits principaux dont il n'appartient qu'au Philoſophe & au Politique de déterminer l'influence ; je ne l'enviſage que dans ſes rapports avec l'induſtrie, & ſous ce point de vue la connoiſſance des métaux fut en quelque ſorte pour l'homme une faculté de plus, dont le haſard déroba le ſecret à la nature.

Ses progrès à cette époque ceſſent d'être inſenſibles, ſa marche eſt plus aſſurée, ſes ſuccès plus hardis ; il met plus de ſimplicité dans ſes travaux, moins de rudeſſe dans ſes procédés, plus de génie dans ſes ouvrages. La matiere domtée juſques dans ſes derniers éléments, ſe dépouille entre ſes mains de ſon caractere âpre & ſauvage : elle obéit à tous les caprices de ſa féconde imagination, & devient au gré de ſes ſouhaits l'inſtrument de ſes plaiſirs, ou l'eſclave de ſes crimes. De toutes parts on voit les prodiges éclorre ; le temps ceſſe de rouler dans le ſilence du néant ; les événements ſe multiplient comme les beſoins qui les préparent, comme les paſſions qui les font naître (8) ; les découvertes ſe rapprochent, & l'expérience n'eſt plus la fille incertaine des ſiecles.

____

(8) Il n'eſt pas néceſſaire, je crois, de prouver cette vérité. Diminuez les beſoins, & l'intérêt n'ayant plus à s'exercer ſur le même nombre d'objets, les révolutions dont il eſt la ſource deviendront moins fréquentes.

B ij

Avec quelle rapidité le monde change, s'étend & s'agrandit! Le commerce long-temps foible & borné s'accroît tout à coup des vastes productions de l'industrie. Les richesses circulent & s'écoulent en liberté; le métal devient le signe des valeurs, & facilite les opérations de l'échange (9). Les arts se communiquent avec les besoins, les révolutions naissent avec les arts; les cités s'élevent au sein des forêts, les déserts reçoivent des habitants, l'intérêt assemble les peuples, la discorde les enchaîne avec des liens de sang; la terre porte des Rois & des empires; une énergie sourde & puissante agit dans toute la masse des nations; l'homme médite de grandes choses : la nature humiliée reçoit des fers, & l'Océan étonné n'oppose à son génie que des vents, des flots & des orages.

Je m'arrête ici, Messieurs. L'homme ose se

---

(9) L'invention de la monnoie sur laquelle j'aurois voulu pouvoir insister davantage est une des époques les plus remarquables dans l'Histoire des Arts & du Commerce.

,, Aristippe ayant fait naufrage, nagea & aborda au rivage ,, prochain, il vit qu'on avoit tracé sur le sable des figures de ,, Géométrie, il se sentit ému de joie, jugeant qu'il étoit arrivé ,, chez un Peuple Grec & non pas chez un Peuple barbare.

,, Soyez seul & arrivez par quelque accident chez un Peuple ,, inconnu, si vous voyez une piece de monnoie, comptez que ,, vous êtes arrivé chez une Nation policée.

,, La culture des terres demande l'usage de la monnoie. Cette ,, culture suppose beaucoup d'arts & de connoissances, & l'on ,, voit toujours marcher d'un pas égal les arts, les connoissances ,, & les besoins. Tout cela conduit à l'établissement d'un signe ,, de valeurs. ,, *Esp. des loix. Liv.* 18. *Chap.* 16.

frayer une route à travers l'abyme des mers. Quel moment dans l'hiftoire de l'efprit humain!

Sans doute que la navigation n'a long-temps été, comme tous les autres arts, que le réful- La Naviga-
tion, fixie-
me caufe gé-
nérale des
progrès des
Arts. tat groffier d'un petit nombre d'obfervations im- parfaites. Le temps qui amene les révolutions, le hafard qui abrege les travaux de l'expérience, la réflexion qui précipite le vol des fiecles, la guerre qui rend la prudence complice de fes fu- reurs, la cupidité qui n'invente que des crimes utiles, le monde qui ne fe repofe plus & qui gravite tout entier vers l'avenir; voilà les caufes qui ont fait infenfiblement de cette découverte importante, une fcience auffi vafte que la na- ture.

Homme, jouis d'un fpectacle qui eft ton ou- vrage! vois ce génie qui s'avance lentement au mi- lieu des générations abattues. Foible dans fa naif- fance, il s'accroît des débris des âges, & médite au bruit du tonnerre & des vagues agitées; c'eft le génie de la navigation. Sa tête eft couronnée d'éclairs, fous fes pieds grondent les éléments : en vain les flots le repouffent, il s'élance fur les flots. Fiérement affis au deffus des tempêtes, il déchire le voile qui lui dérobe la nature, con- temple d'un œil hardi la vafte étendue des Cieux, faifit l'aftre fuyant dans la profondeur de l'ef- pace, ordonne aux vents d'être fes miniftres, laiffe tomber des chaînes fur l'Océan indigné, feme des peuples flottants fur la vafte étendue de ſes gouffres , & rapproche les climats, malgré les mers qui les ſéparent.

Tout s'ébranle : ſa main puiſſante a briſé les barrieres de l'Univers; une activité ſecrete ſe com-munique avec rapidité d'un bout d'un hémiſ-phere à l'autre ; l'Océan roule au ſein des orages l'or & les crimes de la terre ; la fortune des Etats repoſe ſur ſes abymes; un commerce im-menſe embraſſe le monde entier de l'Equateur aux deux Pôles , & ſelon ſes diverſes révolutions, il porte aux empires des richeſſes ou des be-ſoins, de la gloire ou des fers (10). Des hommes las d'être obſcurs , ou fatigués de gémir ſous le joug des Tyrans, découvrent de nouveaux cli-mats , fondent de nouvelles nations, & préparent aux anciennes de plus grandes deſtinées : les peuples unis, malgré les fureurs de l'ambition & les forfaits des Rois, deviennent pour les peuples ce que l'homme avoit été pour l'homme : ils s'étudient, ſe développent & s'imitent. Du choc des paſſions & des intérêts, de la diffé-rence des productions & des climats, de la com-paraiſon des circonſtances & des lieux, du con_ cours général des haſards , de l'union univer_ ſelle des forces, de la fermentation rapide des eſprits, jailliſſent , comme d'une ſource féconde , mille découvertes nouvelles. Les arts enfantent

---

(10) Des richeſſes à la Hollande, des beſoins à l'Eſpagne, de la gloire à l'Angleterre, des fers à l'Amérique,

les arts, les prodiges naiffent des prodiges ; l'empire de la néceffité n'a plus de bornes, une ambitieufe induftrie envahit la nature, & l'homme à force de befoins (11), devient le maître de l'Univers.

Je ne touche encore qu'à la moitié de ma carriere ; jufqu'ici je n'ai envifagé le commerce & l'induftrie que dans les caufes principales de leurs progrès ; je vais les confidérer à préfent dans leurs rapports généraux avec l'efprit & les mœurs des nations : on a vu ce que l'homme doit à fes befoins, on verra ce qu'il doit aux arts qu'ils ont fait naître, & ce ne fera pas la partie la moins intéreffante & la moins utile du tableau que j'ai voulu peindre.

SECONDE PARTIE.

J'appelle efprit des nations, cet amas de connoiffances qui fermente dans l'Univers, s'accroît avec les fiecles, difparoît dans les temps de trouble & de barbarie, furnage au deffus des empires & réfifte au cours de leurs deftinées.

J'ofe dire que quelque étendues que foient ces

---

(11) C'eft toujours à la néceffité qu'il faut attribuer en derniere analyfe les progrès de l'efprit humain. Les autres caufes dont j'ai parlé ne font que des effets de cette premiere caufe, ou n'euffent été fans elle que des caufes impuiffantes. L'homme doit à fes befoins fes loix, fes mœurs, fes connoiffances & fes arts. La fuite de ce difcours ne fera que le développement de cette vérité.

connoiſſances, quelque éloignées qu'elles paroiſſent de nos beſoins, elles doivent cependant leur naiſ-ſance à l'induſtrie, & leurs progrès au commerce.

Dévelop-pement de l'eſprit hu-main. Conſidérons une ſeconde fois l'homme au moment où il ſort des mains de la nature. A peine offre-t-il alors une ébauche imparfaite de ce qu'il doit être un jour ; ſon ame fatiguée du poids de ſa nouvelle exiſtence, ſommeille encore ſur les bords du néant, dont à peine elle eſt échappée : les ſenſations qu'il éprouve, paſ-ſageres comme des ſonges, fuient ſans ſe re-produire ; & l'Univers qui le frappe de toutes parts, ne peut altérer le repos ſtérile auquel il s'abandonne.

Sous ces dehors obſcurs & tranquilles, il cache cependant un germe d'activité que de légeres circonſtances peuvent faire éclorre. La douleur & le plaiſir partagent malgré lui tous les inſ-tants de ſa durée ; le paſſage rapide d'une de ces ſenſations à l'autre ne produit long-temps dans ſon ame qu'une inquiétude vague & mo-mentanée. A cette inquiétude involontaire ſuc-cede enfin un ſentiment plus profond & plus réfléchi, le ſentiment du beſoin ; dès ce mo-ment il n'a plus de facultés oiſives.

Ses organes ſe dépouillent par degrés de leur groſſiéreté premiere. Ses ſenſations ceſſent d'être paſſageres & ſtériles : ſes combinaiſons, d'abord lentes & défectueuſes, deviennent chaque jour plus rapides & moins imparfaites : ſon intelli-

gence long-temps incertaine & bornée, croît avec
ses desirs & se fixe avec ses habitudes : tout son
repos, toute son inaction l'abandonne : les passions, ces éléments tumultueux de l'erreur &
de la vérité (12), germent au fond de son cœur,
comme la foudre au sein des nuages, & cette
curiosité inquiete à laquelle il devra dans la suite
ses connoissances & ses crimes, est déja pour lui
un penchant impérieux qu'il ne peut ni vaincre
ni satisfaire.

Si l'homme n'avoit jamais connu l'empire de
la nécessité, si le sentiment de sa foiblesse n'avoit
déterminé le premier essai de ses forces, ses
jours enveloppés de ténebres paisibles couleroient
donc encore au sein de l'ignorance & de l'oisiveté.
Sans motif pour se déterminer, sans intérêt pour
agir, jamais il n'eût franchi les bornes étroites de
son existence, il n'eût pas même senti qu'elle
avoit des bornes.

Qu'on ouvre les Annales des nations, & l'on
verra que c'est dans les plaines inondées par les
eaux du Nil, sur les rochers de l'Attique encore sauvage, au milieu des vastes forêts du

Le besoin,
cause de ce
développe-
ment.

---

(12) " L'entendement humain doit beaucoup aux passions,
„ qui d'un commun aveu lui doivent beaucoup aussi; c'est par
„ leur activité que la raison se perfectionne : nous ne cherchons
„ à connoître que parce que nous desirons de jouir, & il n'est
„ pas possible de concevoir pourquoi celui qui n'auroit ni de-
„ sirs ni crainte, se donneroit la peine de raisonner. Les pas-
„ sions à leur tour tirent leur origine de nos besoins, &c. „
Rousseau, *Disc. sur l'inégalité des conditions.*

Nord , que les arts & les sciences sont parvenues à ce haut degré de perfection qui étonne aujourd'hui ceux qui n'en ont étudié ni les progrès ni les causes. Par-tout où l'homme a eu de grands obstacles à vaincre , il a fait de grandes choses: la nature qui semble avoir prévenu tous les souhaits des peuples du Midi , ne leur a donné que des fers, des vices , des despotes & le repos (13).

L'histoire de nos besoins est donc essentiellement liée à celle de nos connoissances. Si cette histoire étoit moins imparfaite, j'essaierois peut-être de déterminer ici jusques à quel point l'industrie a influé sur les progrès de l'esprit humain; je ferois voir comment, en donnant plus de finesse & de vivacité à nos sens, elle a donné plus d'énergie & d'activité à notre ame; je dis-

Il y a donc un rapport essentiel entre nos connoissances & nos besoins.

____

(13) " Il y a dans l'Europe une espece de balancement entre
,, les Nations du Midi & celles du Nord : les premieres ont
,, toutes sortes de commodités pour la vie & peu de besoins ;
,, les secondes ont beaucoup de besoins & peu de commodités
,, pour la vie ; aux unes la nature a donné beaucoup , & elle
,, ne lui demande que peu ; aux autres la nature donne peu &
,, elle leur demande beaucoup. L'équilibre se maintient par la
,, paresse qu'elle a donnée aux Nations du Midi, & par l'industrie
,, & l'activité qu'elle a donnée à celles du Nord. Ces dernieres
,, sont obligées de travailler beaucoup, sans quoi elles manque-
,, roient de tout & deviendroient barbares. C'est ce qui a natu-
,, ralisé la servitude chez les Peuples du Midi ; comme ils
,, peuvent aisément se passer de richesses , ils peuvent encore
,, mieux se passer de liberté. Mais les Peuples du Nord ont
,, besoin de la liberté qui leur procure plus de moyens de satis-
,, faire tous les besoins que la nature leur a donnés. Les Peuples
,, du Nord sont dans un état forcé, s'ils ne sont libres ou barbares.
,, Presque tous les Peuples du Midi sont en quelque façon dans
,, un état violent, s'ils ne sont esclaves. ,, *Esprit des loix.*

tinguerois avec foin les paffions primitives que nous avons reçues de la nature, de ce grand nombre de paffions factices qui font fon ouvrage, & cherchant à découvrir comment a pu fe former cette chaîne immenfe de befoins, de defirs & d'idées, dont les premiers anneaux vont fe perdre dans la nuit des temps, & dont il eft fi difficile de mefurer l'étendue ; je développerois la fuite de toutes les révolutions qui de fiecle en fiecle ont agrandi la fphere de notre intelligence, & fait d'un être ifolé, ignorant & libre, un efclave penfant & remuant l'Univers auquel il eft enchaîné.

Mais eft-il néceffaire de foumettre à une analyfe profonde les principes des fciences & des arts, pour appercevoir leur dépendance mutuelle, & s'affurer au moins de la réalité de leurs rapports.

S'il eft vrai, comme je viens de le dire, que notre intelligence foit l'ouvrage de nos befoins ; fi, comme je l'ai prouvé, nous devons prefque tous nos befoins à l'induftrie, ne faut-il pas la regarder comme la fource premiere de nos connoiffances & la caufe principale de leur développement & de leurs progrès ? Qui eft-ce en effet qui nourrit au fond de nos cœurs cette inquiétude fans ceffe renaiffante, qui nous repouffe hors de nous-mêmes & nous éloigne du repos ? Qui eft-ce qui a foumis à l'action de nos organes tant d'objets fur lefquels ils n'avoient au-

cune prife ? Qui eft-ce qui, en variant nos fenfations, a multiplié, s'il eft permis de parler ainfi,
les germes de nos idées & de nos découvertes?
Ces defirs, ces paffions, dont un petit nombre
feulement appartient à la nature ; ces qualités,
ces habitudes précieufes qui nous diftinguent
effentiellement de l'homme fauvage, à qui les
devons-nous ?

Dépouillez l'homme focial de tout ce qu'il doit
à l'induftrie, refferrez pour lui les bornes dé-
vorantes de la néceffité ; réduifez-le, s'il fe peut,
à fes vraies dimenfions, & vous verrez fon intelligence diminuer, comme fes befoins, fes idées
fe défunir & s'effacer infenfiblement, fes connoiffances fuir & difparoître, fa curiofité s'affoi-
blir & s'éteindre, & bientôt il ne vous reftera plus
que l'homme de la nature (14).

----

(14) Et voilà, pour le dire en paffant, la raifon pour laquelle le fiecle de l'induftrie eft auffi le fiecle des beaux Arts.
Nos connoiffances en quelque genre que ce foit, ne font en
derniere analyfe que le produit des fenfations que nous avons
éprouvées, & nos fenfations ne font nombreufes que lorfque notre
induftrie a fait de grands progrès. Ce n'eft donc qu'à cette
époque que les Sciences & les Arts peuvent parvenir au degré de
perfeftion dont ils font fufceptibles. Voilà peut-être encore la
raifon pour laquelle, lorfque les Arts Méchaniques ne font plus
que des Arts de luxe, les Sciences & les Arts dégénerent rapidement du degré de perfeftion qu'ils ont atteint. Les Arts de
luxe communiquent à l'ame des fenfations moins fortes que dé-
licates, plus variées que profondes. Il doit donc réfulter de leurs
progrès un changement fenfible dans la maniere de voir & de
fentir. Les penfées hardies font place aux idées brillantes, le
génie ceffe de créer, & l'efprit qui lui fuccede défigure à force
d'ornements fes ouvrages.

Les connoiſſances humaines dépendent donc de l'induſtrie dans leur origine, elles en dépendent encore dans leur accroiſſement. Les progrès d'un peuple ſont ſubordonnés aux beſoins naturels auxquels il eſt aſſujetti, & aux circonſtances ſingulieres dans leſquelles il ſe trouve ſucceſſivement placé. Or, ces circonſtances & ces beſoins ne peuvent être les mêmes dans des lieux différents. Les loix de la néceſſité varient ſelon les climats : chaque contrée a ſes phénomenes à part, & la marche des ſiecles n'eſt pas uniforme pour toutes les nations. Les vérités n'ont donc pas toutes la même patrie. Semées çà & là dans des terrains inégaux, elles y ſont plus ou moins fécondes, & les fruits qu'elles portent ne ſe reſſemblent pas. Il y a des vérités qui ne croiſſent qu'au ſein des orages (15), qui ne ſe développent que dans le feu des paſſions, & qui attendent, pour éclorre, quelques-unes de ces circonſtances éclatantes, où les empires & les hommes fortement agités ſortent de leur place & quittent leur repos. Il y en a d'autres qu'une longue ſuite d'événements prépare, que l'expérience fait naître, & qui ne peuvent être cul-

Influence du Commerce ſur les progrès de l'eſprit humain.

.(15) Preſque toutes les vérités politiques ſont de ce genre. Les nations ne s'inſtruiſent de leurs droits que dans ces moments de fermentation & de trouble, où l'homme reprenant, pour ainſi dire, toute ſa liberté, cherche dans les excès de l'Anarchie, les bornes oubliées du pouvoir qu'il vient de détruire, & les regles néceſſaires de l'autorité qui doit le ſoumettre.

tivées que dans des temps heureux & tranquilles.
Presque toutes ont des rapports effentiels avec le
climat, les mœurs & le gouvernement des Peuples.
Le fauvage habitant du Pôle n'a ni les mêmes
idées, ni les mêmes fenfations que l'habitant induf-
trieux d'une Zône plus tempérée. A l'ombre de la
liberté, le génie déploie toutes fes forces, & s'é-
leve à la hauteur des Cieux, tandis que le foufle
dévorant du defpotifme le deffeche dans fon germe,
& l'étouffe avant fa naiffance. Enfin, le hafard
qui influe d'une maniere fi fenfible fur les penfées & les découvertes des hommes, le hafard,
dont les effets font fi variés & les procédés fi
différents, ne fe reproduit pas fous la même forme dans des régions éloignées les unes des autres,
& n'y offre que rarement des occafions femblables.

Si l'induftrie n'avoit donc pas confondu les
limites des nations, fi elle n'avoit brifé ces barrieres puiffantes, que la nature fembloit avoir
pofées de fes propres mains, pour être la fépa-
ration éternelle des différentes contrées de la
terre ; chaque peuple foumis dans fes progrès
à quelques-unes des caufes dont je viens de parler, n'auroit eu que des connoiffances purement
locales. Les germes des grandes découvertes,
épars dans tous les climats, s'y feroient à peine
développés ; les principes des fciences, ifolés & fans
liaifon, n'euffent été que des guides infideles,
& l'erreur qui, comme les arbuftes dangereux,

ne fe multiplie que dans des terrains incultes &
fauvages , en répandant une ombre ftérile fur
la vérité naiffante , eût prefque toujours prévenu
fon développement & perpétué fa foibleffe.

C'eft l'induftrie qui, en ouvrant des routes de
communication d'un bout de l'Univers à l'autre , a
rendu les richeffes particulieres d'un peuple , com-
munes à tous les peuples; c'eft elle qui, en impofant
des befoins aux nations , les a forcées de s'unir
& de faire un échange mutuel de leurs progrès
& de leurs découvertes; c'eft elle qui, en fup-
primant l'intervalle des lieux , & en diminuant
l'influence des climats, a réuni les forces dif-
perfées de l'efprit humain , & foumis la nature en-
tiere à fon empire; c'eft elle en un mot qui a
recueilli les penfées de tous les âges, qui a raf-
femblé les vérités de tous les temps, qui a fub-
ftitué à l'expérience incertaine d'un fiecle ou d'un
pays , l'expérience infaillible de tous les pays
& de tous les fiecles, & qui dans le fein des
révolutions a jeté les vaftes fondements de l'é-
difice à jamais imparfait des connoiffances humaines.

Les progrès des arts & du commerce ont
donc contribué dans tous les fiecles aux progrès
de l'efprit humain : ont-ils influé d'une maniere
auffi avantageufe fur les mœurs des nations ?

Je fais, Meffieurs, que les mœurs ne font
bonnes qu'autant qu'elles font fimples, & que
les arts en multipliant nos connoiffances & nos

rapports, n'alterent que trop souvent cette précieuse simplicité ; je sais que le luxe, un des plus
terribles fléaux qui affligent l'humanité, a presque
toujours été regardé comme une suite nécessaire
des progrès de l'industrie ; je sais encore que ce
n'est pas dans les siecles les plus éclairés, que
se sont développées ces ames énergiques & fortes
dont les vertus nous effraient, tant nous sommes
foibles & corrompus. Rome ignorante & pauvre
eut des citoyens & des héros ; Rome éclairée &
chargée des dépouilles de l'Univers, n'eut plus
que des philosophes & des esclaves (16).

Ainsi sans dire, comme bien d'autres, que la
plus ou moins grande pureté des mœurs ne dépend peut - être que de la différence du climat ou du gouvernement (17) , sans entrepren-

---

(16) Dans une République bien constituée chaque Citoyen se
croit chargé du dépôt de la félicité publique, & l'amour de la
Patrie est la premiere de toutes les passions ; mais lorsque les
principes de sa constitution sont altérés, & que l'Etat dissous tombe
dans le despotisme ou l'anarchie , l'homme de bien s'éloigne autant qu'il le peut des événements , sépare son intérêt de l'intérêt
de ceux qui gouvernent, se compose un bonheur à soi, & les
vertus mortes du Philosophe succedent aux vertus actives du
Citoyen.

(17) Tous les climats & toutes les especes de Gouvernements
ne sont pas également favorables aux mœurs. Dans les pays chauds,
les passions sont plus vives & les hommes plus foibles que sous
un ciel plus tempéré. La distinction des rangs & des personnes,
essentielle au Gouvernement d'un seul, est incompatible avec la
grande sévérité des mœurs, tandis que l'esprit d'égalité qui doit régner
dans une République ne peut subsister sans cette même sévérité.

Par-tout où les hommes sont libres , l'industrie peut donc être
accompagnée de la vertu : c'est principalement dans les lieux où

dre

dre de prouver que la décadence & la chûte des
Etats n'eft qu'un effet de cette loi conftante
des deftinées qui affigne un terme à l'exiftence
des nations comme à celle des hommes ; j'a-
vouerai , s'il le faut , que l'induftrie, en nous
donnant des befoins , nous a donné des vices ;
que les lumieres qu'elle a fait éclorre n'ont trop
fouvent éclairé que nos excès ; que l'or qu'elle
entraîne après elle , eft un poifon brûlant qui deffeche les empires dans leurs racines , & leur prépare une maturité funefte ; mais en avouant toutes
ces chofes, je dirai cependant, que fans l'induftrie nous n'aurions peut-être pas des mœurs,
& que fi le commerce n'avoit reculé pour nous
les bornes de l'Univers , nos mœurs feroient encore groffieres & barbares.

Les principes des mœurs appartiennent à la
nature & ne fe développent que dans la fociété (18) : l'intérêt , l'amour & la pitié , ces
fources premieres de toutes nos affections , exif-

Origine
& dévelop-
pement des
mœurs.

---

les hommes font efclaves ; que le luxe marche fur les pas des
richeffes pour affigner au defpotifme fa pâture , & lui marquer
la mefure de fes excès. Là le vice donne de grands exemples :
là quelquefois il eft ridicule d'avoir des mœurs ; là l'opinion en
impofant aux crimes des noms plus doux affoiblit l'horreur qu'ils
infpirent & les rend plus faciles à commettre. *Corrumpere aut
corrumpi feculum vocatur.* Tacit. de mor. Germ.

(18) Toutes les idées morales font relatives, c'eft-à-dire,
qu'elles naiffent toutes de nos rapports avec nos femblables, &
qu'elles ont ces mêmes rapports pour objet. L'homme fauvage
ne peut donc avoir des mœurs , parce qu'il n'exifte que dans lui-
même & n'a pas de relation conftante avec les Etres qui
l'environnent.

C

tent également dans l'homme sauvage & dans l'homme civilisé ; mais dans l'homme sauvage l'intérêt est un penchant grossier que la seule présence du plaisir excite, & qui n'a d'autre frein que la douleur ; l'amour est moins une passion qu'un besoin, & la pitié n'est qu'une sensation rapide qui disparoît avec l'objet qui l'a fait naître. Ce n'est que dans la société que ces sentiments se changent en habitudes morales, & se reproduisent en quelque sorte sous toutes leurs nuances. Là guidé par ses propres erreurs, l'intérêt détermine la nature des actions humaines, fixe les bornes du juste & de l'injuste, & condamne les crimes qu'il fait commettre. Là sous le nom de désintéressement & d'humanité, la pitié arrête l'impétuosité des passions, ôte à la vertu son orgueil, & dérobe au vice sa férocité. Là surtout élevé dans le sein de l'illusion, & disposant de toutes les forces du cœur humain, l'amour jouit d'un pouvoir que la nature ne lui a pas donné & qu'elle n'ose combattre.

Pere des mœurs & des crimes, si les pâles éclairs de la jalousie ont presque toujours environné son berceau, si le poignard de la vengeance brille sans cesse aux pieds de ses funestes autels, si quelquefois même les plus hautes destinées sont devenues le triste jouet de ses caprices ou de ses fureurs ; sans lui, cependant cette harmonie secrete qui rapproche toutes les parties de l'Univers moral, ne subsisteroit pas. C'est du sein des orages où il eſt placé, qu'il ſeme dans la ſociété les vertus paiſibles dont il compoſe le bonheur des nations. Ces devoirs précieux qui ſervent de liens aux familles, & dont la nature elle-même a préparé la récompenſe ; cet honneur ſévere qui fuit le plaiſir que la honte accompagne, & qui fragile comme la beauté, n'eſt pas plus réparable qu'elle ; cette pudeur délicate, voile léger que l'innocence a tiſſu & que la main de la volupté colore ; cette ſenſibilité douce qui dépouille l'amour propre de ce qu'il a de dur & de barbare, & donne un prix aux actions les plus indifférentes ; cette politeſſe enfin ſi vantée, qui, lorſque les mœurs ſont pures, eſt la plus noble expreſſion de la bienfaiſance, mais qui, lorſqu'elles ceſſent de l'être, n'en eſt plus que l'heureux menſonge ; tous ces ſentiments, toutes ces vertus ne ſe développent qu'avec l'amour, & ce n'eſt que dans la ſociété que le plus aveugle & le moins docile de tous les penchants, devient de toutes les paſſions la plus utile & la plus féconde (19).

Les cauſes qui ont concouru aux progrès de la ſociété ont donc également contribué au dé- Influence de l'induſtrie ſur leurs progrès.

____

(19) On pourroit comparer l'amour au principe caché qui meut l'Univers : tous les reſſorts de la ſociété ſont dans ſa main, & c'eſt des diverſes formes qu'il emprunte que dépend la plus ou moins grande bonté des mœurs.

Pourquoi nos mœurs varient-elles d'un ſiecle à l'autre, tandis qu'en Orient elles ne ſont ſujettes à aucune révolution ? C'eſt que l'amour regne en Europe, & qu'il eſt en eſclave en Aſie, &c.

veloppement des mœurs. Or, la plus générale de ces causes est l'industrie. Nos idées morales n'ont d'autre origine que les rapports qui nous unissent, & ces rapports naissent de nos besoins ; mais nous devons peu de besoins à la nature, le reste est le fruit des arts que nous avons inventés. Ces liens multipliés qui mettent les hommes dans une dépendance nécessaire les uns des autres ; ces affections nombreuses qui les rapprochent d'une maniere moins sensible & plus sûre ; ces habitudes sociales dont nous avons fait des bienséances, des devoirs ou des vertus ; c'est donc l'industrie qui les a fait naître, & les mœurs qu'elle altere quelquefois ont toujours été son ouvrage (20).

Mais ce n'est pas là le seul bienfait de l'in-

----

(20) Si les rapports qui unissent les hommes entr'eux sont simples & peu nombreux, les mœurs sont grossieres & barbares ; si ces rapports sont vrais & qu'ils ne soient ni trop étendus ni trop multipliés, les mœurs sont saines & pures ; si ces rapports deviennent trop compliqués, alors les intérêts se croisent en mille manieres différentes, les mœurs se corrompent, & la politesse prend la place de la vertu.

Ceci peut donner lieu à plusieurs questions importantes ; par exemple, jusqu'à quel point il est essentiel qu'un peuple soit industrieux & policé ; si, lorsqu'un peuple est parvenu à ce point, il est possible qu'il s'y maintienne ; si le penchant naturel que les hommes ont à se perfectionner & conséquemment à s'éloigner sans cesse du degré de perfecti on qu'ils ont atteint, peut être modéré par la législation & jusqu'à quel point il doit l'être : questions difficiles, parce que la solution n'en est pas générale, & qu'elle varie comme les circonstances données, c'est-à-dire, comme le caractere & le génie des Peuples, la nature des lieux qu'ils habitent, &c.

duſtrie ; il entre néceſſairement dans la compoſition des mœurs , des éléments étrangers qui ne s'uniſſent à leurs principes que pour les corrompre.

La nature qui n'a pas donné le même degré de ſenſibilité aux hommes de tous les climats ; les loix qui varient comme les circonſtances qui les ont fait naître ; la liberté qui fuit les lieux tranquilles & n'habite qu'au milieu des orages ; la ſervitude que certaines contrées repouſſent de leur ſein, comme une plante qui leur eſt étrangere ; les arts dont les progrès ne ſont pas partout également rapides ; ces révolutions paiſibles qui altérant inſenſiblement tous les uſages, préparent pour l'avenir le germe de mille révolutions nouvelles (21) ; ces événements extraordinaires qui, troublant le repos des ſiecles, in-

Origine de la barbarie & de la diverſité des mœurs.

—————————

(21) Il n'y a pas d'exemple d'une révolution ſi ſubite & ſi profonde dans le caraĉtere d'un Peuple , que celle qui ſe fit dans les mœurs Romaines après la bataille d'Aĉtium & ſous l'empire d'Auguſte. Ce n'eſt plus cette nation ſi fiere , ſi généreuſe , incapable , il eſt vrai, de ſupporter ſon ancienne liberté, mais jalouſe de la défendre , & la rappellant par ſes crimes , lorſqu'elle ne peut plus la maintenir par ſes vertus. Un ſeul homme a tout changé. Les maximes corrompues de la ſervitude remplacent en un moment les principes auſteres de la République. A cette urbanité ſévere qu'entretient l'amour de l'indépendance & de l'égalité , ſuccede cette politeſſe plus douce que l'eſprit de ſubordination fait naître. Les événements mêmes s'alterent comme les mœurs. Les révolutions ne ſont plus que des intrigues ; les guerres civiles que des mouvements ſéditieux, l'élevation des hommes puiſſants qu'un ſpeĉtacle , leur chûte qu'une nouveauté. Tant eſt grande quelquefois l'influence d'un ſeul événement ſur un peuple : tant le paſſage violent d'une ſituation à une autre peut dénaturer ſes principes & changer ſes habitudes.

C iij

terrompent la chaîne des idées morales, & changent en un moment les habitudes des nations ;
ces hommes fameux qui impofant à la poftérité des
opinions & des fers, laiffent dans l'Univers des
traces profondes de leur exiftence, & difpofent
du génie des peuples pendant une longue fuite
de générations (22) ; les effets plus ou moins
funeftes des paffions & des préjugés, l'amour
avec fes foibleffes, la haine avec fes vengeances,
l'orgueil avec fes victimes, l'ambition avec fes
ravages, la fuperftition avec fes autels, le fa-
natifme avec fes flambeaux ; toutes ces caufes,
felon qu'elles ont été foibles ou puiffantes, unies
ou divifées, ont dû néceffairement produire une
variété conftante dans les inftitutions humaines ;
& comme elles ont plus fouvent combattu que
favorifé la nature, rarement les mœurs qu'elles
ont fait naître, ont été douces & modérées, plus
rarement encore elles ont été vertueufes & pures.

Mais telle eft la force de l'habitude fur le
cœur de l'homme, que lorfqu'une fois il en a re-
connu l'empire, il la confond avec la nature &
la croit infaillible comme elle : c'eft un efclave
qui chérit fes tyrans, & qui ne fait pas même
vouloir la liberté.

Comment le Commerce a fait ceffer cette bar-barie & cette diverfité.

Il n'y avoit donc qu'une révolution univer-
felle dans les efprits, qui pût opérer une révolution générale dans les mœurs. Ce n'étoit qu'en

----

(22) Les Légiflateurs Religieux & Politiques.

rapprochant toutes les inftitutions , toutes les loix , tous les ufages , qu'il étoit poffible d'en découvrir les vices & d'en corriger les abus ; il falloit, fi j'ofe le dire , que la mer immenfe des erreurs, des opinions & des préjugés fût agitée jufques dans fes gouffres , pour que la vérité furnageât & fortît victorieufe du fein de l'abyme où elle avoit été fi long-temps enfevelie.

Or, l'époque de ce changement eft celle où le commerce uniffant les nations par les liens puiffants de l'intérêt , les a mifes dans la néceffité de fe comparer entr'elles. Alors feulement les mœurs font devenues moins féroces , les préjugés moins bizarres , les opinions moins cruelles. Alors le caractere général de l'humanité eft devenu le caractere particulier de tous les peuples, & l'homme avec des vices moins dangereux s'eft enrichi de vertus plus utiles.

Si la terre n'eft plus un champ de carnage, où le defpotifme & la fuperftition fe difputent à l'envi des autels , des victimes & des tombeaux; fi les préjugés deftructeurs auxquels la plus grande partie des nations avoit été foumife , n'exiftent prefque que dans la mémoire des hommes ; fi de toutes parts les loix de l'humanité font plus connues & moins groffiérement outragées ; fi la lumiere même brille autour des trônes & fait pâlir les tyrans ; en un mot, fi l'homme eft plus éclairé fur fes véritables intérêts , s'il connoît mieux fes droits , & fi du moins il frémit à

l'aſpect des fers ſous le poids deſquels il gémit encore; n'eſt-ce pas au commerce qu'il faut attribuer
cette révolution heureuſe ? En établiſſant entre les
peuples une communication de lumieres comme de
beſoins , n'a-t-il pas appellé la vérité dans tous les
lieux où la coutume avoit établi ſon empire ? N'a-t-il
pas briſé le coloſſe de l'erreur, en attaquant l'opinion qui lui ſervoit d'appui ? & n'eſt-ce pas lui qui
dépouillant les préjugés de l'autorité deſpotique des
ſiecles , a purgé les mœurs de l'alliage impur de
barbarie qui les ſouilloit depuis ſi long-temps (23) ?

---

(23) ,, Le Commerce guérit des préjugés deſtructeurs , &
,, c'eſt preſqu'une regle générale , que par-tout où il y a des
,, mœurs douces , il y a du Commerce , & que par-tout où il y
,, a du Commerce , il y a des mœurs douces.

,, Qu'on ne s'étonne donc point ſi les mœurs ſont moins féroces
,, qu'elles l'étoient autrefois. Le Commerce a fait que la con-
,, noiſſance des mœurs des nations a pénétré part-tout ; on les
,, a comparées entr'elles, & il en a réſulté de grands biens.

,, On peut dire que les loix du Commerce perfectionnent les
,, mœurs , par la même raiſon que ces loix perdent les mœurs ;
,, le Commerce corrompt les mœurs pures ; c'étoit le ſujet des
,, plaintes de Platon ; il polit & adoucit les mœurs barbares
,, comme nous le voyons tous les jours. ,, *Eſp. des loix*, *Liv.*
XXII. Chap. II.

Voilà à-peu-près tout ce que j'ai voulu dire dans la derniere
Partie de ce Diſcours ; on pourroit demander maintenant , s'il
vaut mieux que les nations ſoient barbares que policées , ou ce
qui eſt la même choſe , ſi les vices délicats & les vertus légeres
des Peuples civiliſés , ſont préférables aux vertus énergiques &
aux vices féroces des Peuples encore groſſiers. Rouſſeau réſou-
droit cette queſtion au déſavantage des Arts , & il auroit contre
lui la foule des Littérateurs ; d'autres , ſans oſer la réſoudre , pen-
ſeroient que le ſiecle de la plus grande félicité pour un Empire , n'eſt pas celui où les mœurs ne ſont encore qu'ébauchées ,
moins encore celui où elles ſont parvenues à leur derniere révolution , mais celui ſeulement où plus ſéveres que douces , moins

CONCLUSION.

L'homme doit donc à l'induſtrie ſes connoiſſances & ſes mœurs ; on peut même dire que
l'induſtrie eſt dans le moral ce que le mouvement eſt dans le phyſique. Principe de l'harmonie univerſelle , ſans elle tout s'anéantit , tout
eſt mort ; avec elle tout ſe reproduit ſous une
forme plus heureuſe. Il eſt vrai , & je ne l'ai
pas diſſimulé , il eſt vrai qu'il eſt des circonſtances où les arts deviennent funeſtes aux nations ;
que plus d'une fois ils ont hâté la chûte des empires dont ils avoient préparé la grandeur, que
preſque toujours l'époque de leur perfection a
été celle de l'aviliſſement des peuples & la ruine
de leur liberté. Cependant gardons-nous de croire
que l'induſtrie ſoit l'ennemie naturelle de la
vertu : non , Meſſieurs, leur accord n'eſt pas
impoſſible , & ſi l'on oſoit avancer un ſemblable
paradoxe, j'en appellerois à ma patrie & je dirois :

» Venez dans nos Murs , vous qui penſez
» que les arts ne peuvent naître que dans le
» ſein de la corruption. L'induſtrie que nos peres
» nous ont tranſmiſe , n'eſt point un dépôt hon-
» teux dont nous ayions à rougir. Tant qu'à
» leur exemple nous menerons une vie ſimple

---

barbares que ſimples , elles conſervent encore toute leur énergie,
parce qu'elles n'ont pas entiérement perdu l'eſpece de groſſiéreté
qui en eſt inſéparable. Dans ce ſiecle on cultiveroit les Arts
utiles, & les Arts de pur agrémeht ne ſeroient pas aſſez perfec-
tionnés pour corrompre.

„ & laborieuſe, tant que nous fuirons ces plai-
„ ſirs frivoles qui deſſechent le cœur & que la
„ nature déſavoue, tant que nos richeſſes ne ſe-
„ ront pas le fruit de la baſſeſſe ou de l'in-
„ trigue, ne craignez pas que le vice vienne
„ occuper dans nos foyers la place que s'y
„ eſt réſervé la vertu. Graces au Ciel ! nous
„ ne connoiſſons encore ni cette oiſiveté dan-
„ gereuſe qui enfante toutes les paſſions, ni ce
„ luxe deſtructeur qui juſtifie toûs les excès, ni ce
„ faſte odieux qui corrompt toutes les conditions,
„ parce qu'il n'en eſt aucune qu'il n'aviliſſe.

„ Si le reſpect pour les malheureux eſt une
„ preuve infaillible des mœurs , ſi la vertu fuit
„ les lieux où le pauvre eſt outragé , nulle part
„ peut-être vous ne trouverez plus de monu-
„ ments élevés à la gloire des mœurs & de la
„ vertu. Ailleurs l'infamie & le déſeſpoir ne
„ font que trop ſouvent le triſte partage de
„ l'adverſité. Parmi nous, l'homme qui ſouffre,
„ quelle que ſoit la cauſe de ſes malheurs, eſt un
„ Dieu qui commande, & dont on s'honore d'être
„ le miniſtre.

„ Jetez les yeux ſur ces aſyles reſpectés
„ où l'infortuné va dépoſer ſa honte & ſa mi-
„ ſere; là des citoyens généreux s'empreſſent
„ de le dépouiller de ce vêtement d'opprobre
„ & d'ignominie que l'opinion publique jette
„ ſur l'indigence, pour en éloigner la pitié.
„ Défenſeurs de ſes droits, dépoſitaires de ſes

» intérêts, prodigues d'un temps que l'avare &
» l'ambitieux réfervent à la fortune, leur pre-
» miere gloire eft de fervir l'humanité malheu-
» reufe, leur plus douce occupation eft de la
» fervir tous les jours (24).

» Pénétrez dans ces retraites fombres où le
» crime abattu fous le poids de fes remords,
» fe dévore lui-même & commence fon fup-
» plice. Qu'y verrez-vous ? la religion qui veille
» à fes côtés pour foutenir le poids de fes chaî-
» nes, pour calmer fes fureurs, pour partager
» fes regrets. L'or y coule de fes mains bien-
» faifantes, dans le fein du défefpoir & de la
» mort, & fi tous fes efforts ne peuvent dé-
» rober une tête coupable à la jufte févérité
» des loix, au moins leur prépare-t-elle une
» victime plus pure, & rend-elle fon facrifice
» moins affreux (25).

» A la vue de tant d'inftitutions fublimes,
» direz-vous encore que les fruits de l'induftrie
» font des poifons toujours mortels à la vertu ?
» Non, vous ne le direz pas ; fi dans la main
» du vice les arts font des fléaux qui corrom-
» pent les peuples, dans des mains plus pures,
» les arts ceffent d'être funeftes au monde, ils
» ne font plus que les bienfaiteurs des
» hommes. »

---

(24) L'Adminiftration des Hôpitaux.
(25) Les Pénitents de la Miféricorde.

AU ROI.

$S_{IRE,}$

Tous les actes de votre autorité n'ont été jusqu'à ce jour que des leçons de fageffe pour les Rois, des monuments de bienfaifance pour vos peuples.

Plus jaloufe de connoître la grandeur de fes obligations, que d'affurer l'exercice de fes droits, à peine Votre Majefté a-t-elle été élevée fur le Trône , qu'elle s'eft hâtée d'appeller auprès d'elle un de ces Sages en qui l'expérience eft le fruit des talents , & dont l'ame éprouvée par la fortune, eft au deffus de la crainte de déplaire, & de l'envie de tromper.

Alors on a vu s'accomplir les fouhaits que votre Augufte Prédéceffeur avoit formés pour le bonheur de la France. Ces temps de troubles & d'alarmes, où par un long amas d'erreurs l'Etat avoit perdu fes principes, le Peuple fa confiance, les Loix leur majefté ; ces temps ont fait place à des jours plus heureux. La voix de Sulli s'eſt fait entendre, & le regne de Henri le Grand a commencé.

La Juſtice rétablie avec éclat dans ſon plus auguſte ſanctuaire ; ſes Miniſtres raſſemblés près de ces mêmes autels qu'ils avoient été contraints d'abandonner dans des circonſtances malheureuſes ; les mœurs publiques vengées par de hautes diſgraces, aſſurées par de grands exemples ; la liberté du citoyen conciliée avec la dépendance du ſujet, & diſtinguée de l'obéiſſance de l'eſclave ; les arts utiles encouragés par la certitude du ſuccès & l'eſpoir des récompenſes ; le commerce délivré des entraves dont une Adminiſtration inquiete & minutieuſe l'avoit ſurchargé ; la finance rappellée à des principes plus vrais & moins ennemis de la propriété ; le monopole détruit dans toutes les branches de l'économie politique ; tout annonce que ce regne ſera celui des loix, des arts & des mœurs.

Heureux les Princes qui, comme vous, SIRE, ont le courage de s'inſtruire des droits de leurs peuples, oſent avouer leurs devoirs, & ne ſont point effrayés de leur étendue ! La patrie les regarde comme ſes Héros ; l'humanité en fait ſes Dieux, & la gloire dont ils ſont les plus auguſtes favoris, leur déſigne une place à côté de ce petit nombre de Souverains illuſtres, qui ont été les premiers citoyens de leur pays, & l'exemple de leur ſiecle.

A LA REINE.

Madame,

Votre Majesté a long-temps été l'espérance de la nation dont elle est aujourd'hui l'ornement & la gloire. Dans ces temps malheureux dont le souvenir la blesse encore, lorsqu'une disgrace imprévue accabloit son courage, elle s'entretenoit de vos vertus, elle s'occupoit de vos bienfaits, elle comptoit les larmes que vous versiez en secret sur sa misere, & sa douleur étoit moins profonde : elle supportoit avec moins d'impatience des maux que votre sensibilité partageoit avec elle.

Aujourd'hui qu'elle voit renaître les jours de son ancienne prospérité, en contemplant les qualités heureuses qui vous distinguent, cet esprit élevé que les préjugés de la grandeur ne peuvent séduire ; cette humanité tendre, qui devoit être la premiere vertu des Rois, puisque la félicité des peuples eſt leur premier devoir ; ces graces nobles & touchantes qui inſpirent au malheureux une confiance ſi naturelle & ſi douce ; elle aime à penſer qu'elle vous doit une partie des changements dont elle jouit, & que ſon bonheur eſt auſſi votre ouvrage.

Ah ! ſi ſes vœux ſont accomplis, que manquera-t-il à ſa félicité ? Epouſe bien aimée d'un Souverain fait pour apprécier tant de vertus, vous ferez encore la plus heureuſe des meres.

Qu'un Prince formé par des mains qui tant de fois ont eſſuyé les larmes du pauvre, deviendra cher à la nation ! combien elle ſera certaine de ſon bonheur ! Elle prononce encore avec attendriſſement le nom de ce Monarque Citoyen, qui ne vouloit vivre que pour aſſurer ſon repos, & dont le regne vient de ſe renouveller pour ſa gloire. Vous, MADAME, dont les qualités bienfaiſantes nous le rappellent tous les jours, puiſſiez-vous donner à nos neveux un Roi qui lui reſſemble.

Nota. On devroit trouver ici les Compliments qu'il eſt d'uſage d'adreſſer à M. l'Archevêque, M. le Gouverneur de la Province, &c. & aux différentes Compagnies, qui ont le droit d'aſſiſter à la cérémonie pour laquelle ce Diſcours a été compoſé, (la proclamation des nouveaux Membres du Corps Municipal) ; dans le nombre, il en eſt que j'aurois deſiré conſerver ; mais comme preſque tous tiennent à des circonſtances étrangeres à la plupart de mes Lecteurs, je les ai ſupprimés, perſuadé qu'en les laiſſant ſubſiſter, je n'ajouterois rien à l'intérêt de mon ouvrage.

F I N.

APPROBATION.

J'ai lu un Difcours intitulé; *Quelles font les caufes des progrès de l'Induftrie & du Commerce, &c.* il m'a paru digne des applaudiffements qu'il a reçus de l'Affemblée refpectable en préfence de laquelle il a été prononcé, & capable de juftifier le defir du Public de le voir imprimé. A Lyon, le 9 Janvier 1775.

Signé, MONGEZ.

Vu l'Approbation ; permis d'imprimer , à Lyon, le 11 Janvier 1775.

Signé, LA ROCHETTE.

134.